快活的答里·坎曼尔

黄瑞云 著

江苏人民出版社

图书在版编目（CIP）数据

快活的答里·坎曼尔/黄瑞云著. 一南京：江苏
人民出版社，2025.1
ISBN 978－7－214－26639－2

Ⅰ. ①快… Ⅱ. ①黄… Ⅲ. ①寓言－作品集－中国－
当代 Ⅳ. ①I277.4

中国版本图书馆 CIP 数据核字（2021）第 217504 号

书　　　名	快活的答里·坎曼尔	
著　　　者	黄瑞云	
插　　　图	徐嘉嘉	
责 任 编 辑	黄　山	
装 帧 设 计	有品堂＿刘俊	
责 任 监 制	王　娟	
出 版 发 行	江苏人民出版社	
地　　　址	南京市湖南路 1 号 A 楼，邮编：210009	
照　　　排	江苏凤凰制版有限公司	
印　　　刷	江苏凤凰通达印刷有限公司	
开　　　本	890 毫米×1 240 毫米　1/32	
印　　　张	6　插页 2	
字　　　数	84 千字	
版　　　次	2025 年 1 月第 1 版	
印　　　次	2025 年 1 月第 1 次印刷	
标 准 书 号	ISBN 978－7－214－26639－2	
定　　　价	36.00 元	

（江苏人民出版社图书凡印装错误可向承印厂调换）

目　录

答里·坎曼尔对你说　　　　　　001

根据相同　　　　　　　　　　003
请你驮它试试看　　　　　　　006
驴子会走路　　　　　　　　　008
骆驼的背上与骆驼的旁边　　　009
不吃羊的狼　　　　　　　　　011
塔里木的答里·坎曼尔　　　　012
狼来了就欢迎　　　　　　　　014
我也想找一点儿　　　　　　　015
免得村里人把眼睛都笑瞎　　　016
用酥油写在羊皮上的经书　　　018
防止老鼠咬书的办法　　　　　020

土耳其种鸡   021

很像牛奶的井水   022

生命的网兜   023

信任驴子   026

毛驴的特点   027

可靠的鸽子   028

转世还是当国王   030

不得说骗人的话   031

洗缸   032

小偷事先没有通知   034

狗咬的伤口怎样才能愈合   035

当时的想法   036

我们敬重的就是这身官服   038

你要活那么长干什么   040

反过来更难为情   042

马缰有这么长   043

三头毛驴   044

马尾保护得很好   046

将要采取的行动   048

是驴子还是骡子   049

我的烟斗没有熄火　　　　　　050

去年四月来修辘轳　　　　　　052

魔镜　　　　　　　　　　　　053

镜子该进监狱　　　　　　　　056

马甩掉马头跑了　　　　　　　057

撒谎的价值　　　　　　　　　058

愿天不要垮了下来　　　　　　060

铃铛　　　　　　　　　　　　061

怕丢了水壶　　　　　　　　　062

死了还怕什么呢　　　　　　　063

照管陵墓最好的办法　　　　　064

老百姓等于零　　　　　　　　066

他知道自己值多少钱　　　　　068

答里・坎曼尔是有这么多胡子的　069

毛驴应该让开　　　　　　　　072

如果变化发生在这一头　　　　073

统一的回答　　　　　　　　　074

歌声引起的乡思　　　　　　　076

登山的秘诀　　　　　　　　　077

朝过圣的驴子　　　　　　　　078

袋子也活不下去了 079

斧头被狼衔去了 080

要比驴子略微聪明一点儿 081

招呼一头驴不容易 083

我现在头疼 085

如果两个人都躺着 086

钥匙在我身上 088

弯路提前走过了 090

会念经的猫 091

勇敢的战斗 093

我打的大概是畜生 094

儿子和老子 096

用"将来"款待你 097

不是衔走的，是牵走的 099

你也对着它叫吧 100

纯金的帽子 102

个个都可以上天堂 104

同你没有关系就好 106

吸取智慧 108

肚子很饿的鹰和肚子很饱的伯克 109

让狗不叫的方法　110

高兴苍蝇守约　112

天山的鹰和到过天山的鸡　114

没有心病也没有肝病　115

驴子对你不感兴趣　116

哪一次最高兴　118

王冠怎样才能戴上头去　119

最大的谎　120

我的驴子的头脑最聪明　121

黄金和馕　122

万一他们把您放回去　124

智慧的葫芦　125

使狼不吃羊的办法　128

他不会再要表兄弟　129

心肝都是黑的　131

你应该高兴　133

这儿的水浅些　134

买到毛驴的优点　136

给伯克尝新　138

征收一半　139

这里没有老头和驴子　　140

我还是数准确的好　　142

请活佛摸顶　　143

第一次说公道话　　144

已经结账　　146

最鲜的鲜鱼汤　　148

骆驼比兔子更有用　　149

让他长高一截　　151

做第二回好事　　152

答里·坎曼尔当了喀孜　　155

公道与喀孜　　156

我可不是驴子　　157

你那只羊是三条腿的　　158

叫毛驴自己说　　160

两点"意思"　　163

有些狗不值钱　　165

审羊　　166

朋友的多少　　168

马的背上得换一位将军　　169

坎曼尔也讲假话　　170

没有摔昏脑袋   171

退路与进路   172

准备害怕   173

沙皇没有脑袋   174

三头贵重的狼   175

他们更怕我们   177

你死一回就知道了   178

从天堂里回来   179

后记   180

答里·坎曼尔对你说

亲爱的朋友！你一定喜爱听故事吧？世界上有许多情节曲折、内容丰富的故事，我——答里·坎曼尔的故事没有太多曲折的情节，也没有十分丰富的内容，却是很有趣的。我只想同你一起到生活里去，遥远的和不太遥远的生活，我们都可以进去认识一番。生活是美的，会使我们快乐；生活里也有许多丑的东西，但只要敢于同它较量，我们仍然可以得到胜利的愉悦。来吧，朋友！让我们走向生活，那是一个没有穷尽的故事。如果要问我在哪里，请你点亮金灯，打开这本小书，我就在你的面前！

根据相同

　　坎曼尔在巴依*家里做工。巴依养了许多公鸡。奇怪的是,巴依家的公鸡叫得特别早,差不多半夜就叫起来,此起彼落,闹翻了天。这时候,巴依就叫雇工们都出门干活。

　　"才半夜哩,巴依!"坎曼尔说。

　　巴依说:"鸡都叫了,怎么说是半夜!"

　　"你家的鸡叫得特别怪,才半夜就叫了。"坎曼尔说。

　　"鸡叫是胡大**安排的。"巴依说,"胡大安排公鸡叫醒人们起来干活,鸡叫就应该起床。"

　　这个秘密很快就被坎曼尔发现了。原来那第一只叫的"公鸡"就是巴依,他装作公鸡叫几声,家家的公鸡就跟着叫起来。

有一天夜里，随巴依怎么逗引，那些公鸡都不叫。巴依觉得奇怪，打开鸡坫一看，发现每只公鸡的颈子上都系着一根细绳子，系得紧紧的，公鸡自然都没气了。

　　巴依大怒，问道："谁把我的公鸡都系死了？"

　　"肯定是胡大安排的。"坎曼尔说，"胡大叫我们今天休息，就安排所有的公鸡都不叫。"

　　"胡说！你有什么根据？"巴依跳了起来。

　　坎曼尔说："胡大安排公鸡都叫，好让大家起床；胡大安排公鸡不叫，好让大家休息：根据都是一样的。"

＊　巴依，财主。

＊＊　胡大，大西北民间故事中最高的神。

004　快活的答里·坎曼尔

请你驮它试试看

坎曼尔赶着驴子到城里买东西，回来的时候，有个商人要租他的驴子骑回去。坎曼尔要他付点租金。

商人认为太贵了，说："反正你是顺路回去，驴子又不费什么劲儿，要那么多钱干吗？"

"不费什么劲儿？"坎曼尔说，"反正你也是顺路回去，请你驮它试试看，我付两倍的钱。"

驴子会走路

县官老爷租了坎曼尔的毛驴赶路，坎曼尔走在后面招呼。

"这头驴子怎么样?"老爷问。

"很不错，"坎曼尔说，"比什么官老爷都能干。"

县官生气了，说道："你说得太不像话了！你说说，它有什么本事，一头驴子!"

"它自己会走路哇，我的老爷。"坎曼尔说。

骆驼的背上与骆驼的旁边

坎曼尔赶着骆驼，租给商人们，作为他们的坐骑和载运工具，越过沙漠。

有一回，走到路上，坎曼尔没有水了，而商人却还有一大皮袋水。坎曼尔请求商人给他一些水喝，商人不肯。

坎曼尔说："这样好了，你就用水作为租金付给我吧！"

商人说："照我们商定的条件，我只是付给你租金，可没有说要付给租水呀！"

"有理，说得实在有理！"坎曼尔说。他只好忍着口渴赶路。

后来他们碰上了风暴。狂风卷起沙石，猛烈地刮了过来，使得他们无法存身。骆驼趴在地面上，坎曼尔伏到骆驼的旁边，躲避风沙的袭击。

商人也要求到骆驼的旁边躲一躲。

"这可不行，"坎曼尔说，"按照我们商定的条件，我只是租给你骆驼的背上，可没有租给你骆驼的旁边啊！"

不吃羊的狼

有个牧人问坎曼尔："我问你，答里·坎曼尔，世上有没有不吃羊的狼？"

"有。"坎曼尔说，"我今天早上打死的那头狼不吃羊。"

"真的？"

"真的。"

牧人来看了一下，对坎曼尔说："你弄错了，这种狼我很熟悉，它吃羊才凶哩！"

"没有错，"坎曼尔说，"我是说打死了的这头狼不吃羊，不打死它当然是要吃羊的。"

塔里木的答里·坎曼尔

　　国王带着随从，骑着骆驼，到塔里木来找答里·坎曼尔。

　　他们在路上碰到了坎曼尔，但是不认识。

　　国王问道："你知道答里·坎曼尔在哪里吗？"

　　"你问答里·坎曼尔吗？"坎曼尔撇了撇胡子，伸手指着前方说，"他不是骑着骆驼在你们的前边走吗？"

　　国王问他的随从："你们都看到了吗？"

　　"没有看到，"随从们说，"除了陛下，我们没有看到任何骑着骆驼在前边走的人。"

　　坎曼尔连忙插嘴说："对了，他最近做了一顶隐身帽，凡是傻瓜都看不见他。"

　　国王听了，手搭凉棚望了一下，装作看见了的样子说:"前方确实有一个骑骆驼的人,个儿还挺高大呢!我早就看到了。我说嘛,我前面骆驼上的人不是个普通人物,你们就是不相信。"

"我说嘛,"坎曼尔接着说,"我前面骆驼上的人不是个傻瓜,又有谁相信呢!"

狼来了就欢迎

钦差大臣奉命来塔里木巡视，当地官员用盛大筵席来欢迎他。

席上，钦差大臣问坎曼尔："你们这儿有狼吗？"

"有的，大人。"坎曼尔回答。

"狼来了，你们怎么办？"大臣又问。

"我们欢迎它，大人！"

钦差大臣很奇怪："为什么欢迎呢，狼不是吃羊的吗？"

"是的，"坎曼尔解释说，"一头狼一次只要一只羊羔，而且不用谁去接待；钦差大臣来一次，要用几十只肥羊，接待起来可非常麻烦哩！"

我也想找一点儿

有个人告诉坎曼尔，家里老鼠闹得凶，把粮食都糟蹋了。

坎曼尔说："我可不担这份心。"

"老鼠不到你家里来吗？"

"常常来的，"坎曼尔说，"但从来不吃我的粮食。"

"你都把粮食藏在哪儿呢，老鼠不去吃它？"

"粮食我都装在肚子里，老鼠是不到那儿去吃的。"

"开玩笑，"那人笑了起来，说，"今天的粮食装到肚子里，明天的粮食老鼠也不去找来吃吗？"

"明天的粮食，"坎曼尔说，"如果老鼠找得着的话，我倒很想跟着去找一点儿，我也还不知道在哪儿呢！"

免得村里人把眼睛都笑瞎

一伙盗贼闯进坎曼尔的屋里，想偷他的东西。但他们翻来翻去，没什么值得拿的。后来，他们发现墙角有一只大箱子，摸一摸很重，却打不开。他们以为里面装着财宝，就把它抬到外边去准备撬开分赃。

到了野外，盗贼说："人们说坎曼尔多么聪明，从来不吃亏。这次我们把他的财宝都搞走了，要他吃一次大亏，让全村人的眼睛都笑瞎。"

他们把箱子打开，发现坎曼尔躺在里面。盗贼们大吃一惊，问道："你怎么躺在箱子里面？"

坎曼尔坐了起来，说道："我来救全村人的眼睛，免得他们把眼睛都笑瞎啦。"

用酥油写在羊皮上的经书

喀孜*到坎曼尔的村子里来给人评理。他对坎曼尔说："坎曼尔，今天我忘了带经书，你能借给我一部吗？"

"可以的，喀孜！"坎曼尔说。

坎曼尔借给喀孜一部装潢非常漂亮的经书。

评理的一方熟悉喀孜的性格，头天晚上就给他送了一罐酥油、五张羊皮。

评理开始后，喀孜向双方问了一些话，然后说："现在你们安静，让我查看经书，我将根据经文，给你们作出公平的判决。"

喀孜慢吞吞地打开经书，这时他才发现，坎曼尔给他的这部书只有一个漂亮的封面，里面全是白页，一个字也没有。喀孜并不慌张，仍然煞有介事地翻了一会儿，然后进行评理。不消说，那送了酥油和羊皮的一方获得了胜利。

喀孜归还这部无字经书的时候，对坎曼尔说："坎曼尔，你这个玩笑开得太不是时候了！幸亏我对经文非常熟悉，要不然我今天怎么判案呢?"

"不要紧，"坎曼尔说，"我知道你把经书读熟了，你的经书是用酥油写在羊皮上的，今天用这个装装样子也就行了。"

---

* 喀孜，审判官。

防止老鼠咬书的办法

做完礼拜以后，坎曼尔问一位神学家："老鼠把我箱子里的书咬坏了，有没有什么办法防止？"

神学家告诉他："你在书上写一句经文，老鼠就不敢去咬了。"

"写一句？"坎曼尔说，"我放在箱子里的就是一整部经书，都被老鼠咬得粉碎了。"

土耳其种鸡

"这是纯种的土耳其公鸡，"坎曼尔向顾客宣传，"是最好的种鸡，长相雄伟，没有一只母鸡会不喜欢它们。这种鸡抢食积极，喂养容易。您选两只吧!"

"鸡倒是好，"一位顾客说，"它们的叫声一定很大，我就怕它们不到三更就叫，吵得人不得安宁。"

"绝对不会，它们是不叫的。"坎曼尔说。

"你能保证这一点吗?"

"当然能，"坎曼尔说，"我早就想到了这一点，所以把它们都阉了。"

很像牛奶的井水

坎曼尔出去做客。主人很吝啬，在招待客人的牛奶里掺了大量的水。

席间，主人问起坎曼尔乡间的井水。

坎曼尔说："今天那里发生了奇怪的事情，井里冒出来的水很像牛奶。"

"真有那样的奇事?"主人问。

"真有那样的奇事。"坎曼尔回答。

"那水的色泽怎么样?"

"色泽和牛奶很像。"

"味道呢?"

"只是味道淡，又像是牛奶，又像是水。"坎曼尔指着杯子里面说，"就和这种牛奶差不多。"

生命的网兜

坎曼尔同乡约*去打兔子。他们打到了兔子，都装在各自的网兜里。当坎曼尔到较远的地方去搜索的时候，乡约把坎曼尔网兜里的兔子抓了几只放进自己的网兜。

回家时，坎曼尔把网兜系得紧紧的。

乡约问道："系这么紧干什么？"

坎曼尔说："我怕兔子在路上跑了。"

"兔子都死了，怎么会跑呢？"乡约说。

坎曼尔说："这是一个生命的网兜，能够起死回生，兔子装进去就会活，还会跑的。"

"别胡扯，你这是个什么网兜？"乡约说。

"一点儿不假，"坎曼尔说，"刚才我离开一会儿就跑了好几只呢。"

－－－－－－－－－－

＊　乡约，低级地方官员，在乡里中管事的人。

信任驴子

坎曼尔到喀孜那儿去打官司，他先给喀孜送了一头驴子。

他自然取得了胜利。

审判结束以后，坎曼尔对喀孜说："进入你这个门我是放心的，我知道会得到公正的判决。"

喀孜说："我素来是公正的。不过，我还是要感谢你对我的信任。"

"这倒不必，"坎曼尔说，"我信任的不是喀孜，而是我送你的那头驴子。"

毛驴的特点

坎曼尔把毛驴卖给集市上的驴贩子。刚一转身，就碰上他的朋友阿不力米提来集市上买毛驴。阿不力米提看了一圈，刚好看中坎曼尔刚才卖掉的那头。

"别买它，"坎曼尔对阿不力米提轻轻地说，"这毛驴的脚有毛病，你还是选别的吧！"

那驴贩子听到生气了，说道："刚才卖给我的时候，你不是说好得不得了吗，怎么现在又说它有毛病了呢！"

"是这样的，"坎曼尔解释说，"这头毛驴有个特点，当它卖给驴贩子的时候是很好很好的；但如果卖给我的朋友，它的毛病就暴露出来了。"

可靠的鸽子

坎曼尔提了一大笼鸽子在集市上卖。

"这些鸽子繁殖力强，生长快，我把它们训练得非常驯服，它们会自己外出觅食，饲养很容易。"坎曼尔向顾客们宣传。

一位顾客问道："放出去它们能飞回来吗?"

"绝对不成问题，"坎曼尔说，"我把它们卖过好几回了，每一次它们都飞回来了。"

转世还是当国王

国王问坎曼尔："答里，如果我死了，胡大会让我转世成为什么呢？"

"我的陛下，"坎曼尔说，"胡大会让您当什么，我不知道，但我想，您还是当国王最为合适。"

国王听了非常高兴，说道："坎曼尔，你真有见识，艾买提那小子竟然说我会去当毛驴呢！"

坎曼尔说："我不知道他有什么根据，不过我不相信您能去当毛驴。"

"你是怎么想的呢？"国王问。

坎曼尔说："毛驴需耐得劳苦才有人要，您这样的毛驴谁要呢？"

不得说骗人的话

国王问坎曼尔："坎曼尔，你读过我祖上的历史吗?"

坎曼尔回答说："都读过啦，陛下!"

国王说："好极了，坎曼尔，你能给我讲述一下吗?"

"那是不可能的，"坎曼尔说，"因为您曾经命令过，不得在您面前说骗人的话。"

洗缸

    巴依叫坎曼尔洗一个腌过羊肉的缸。过后，巴依来问事情做得如何："缸里面都洗干净了没有？"

    "都洗得干干净净了。"坎曼尔回答。

    "没有腌羊肉的气味了吗？"

    "没有了，一点也没有了。"

    "外面也都擦干净了？"

    "擦得油光透亮的了，简直像新的一样，实在比新的还要好看。只是，也有一点小缺点。"

    "只要干净了就行，"巴依说，"小缺点不要紧——喂，什么缺点？"

    "缸的底打破了。"坎曼尔说。

小偷事先没有通知

有个朋友将一口珍贵的箱子寄放在坎曼尔家里。没想到在约定来取的前一天晚上，箱子被小偷给偷走了。

坎曼尔非常着急。

邻居们听到这件意外的事，都到坎曼尔家里来看，并且七嘴八舌地议论起来。

"啊呀，我说坎曼尔!"一个人说，"如果前两天你把箱子给送去该有多好啊!"

"即使前一天也好，只要前一天小偷就偷不着了。"一个人附和说。

还有一个人不无指责地说："怎么搞的，小偷进你们的屋，你们就一点都不知道?"

"都怪那该死的贼!"坎曼尔气愤地说，"他事先根本没有通知我，而且进屋也不打个招呼!"

狗咬的伤口怎样才能愈合

坎曼尔被狗咬伤了，那伤口迟迟不能愈合。

有人告诉他："你找到那只咬你的狗，对它作个揖，伤口很快就会好的。"

坎曼尔摇摇头，说道："这恐怕不是好办法，如果我向那狗作揖，它肯定会再咬我一口。"

又有人告诉他："你找着那只狗，冷不防在它头上敲一棒子，打得它猛叫一声，伤口很快就会愈合。"

"这个办法不妨试试，"坎曼尔说，"即使我的伤口并不减少痛苦，至少我的心里会较为痛快。"

当时的想法

坎曼尔荡小船渡伯克*过湖。离岸不远了，湖上突然刮起风浪，把小船掀翻了。坎曼尔好不容易把伯克拖上了岸，差点没被淹死。

伯克在付渡湖费的时候说道："真要感谢你，你冒着危险救起了我。刚才看到我沉下去，你心里是怎么想的呢？"

"我想到你的渡湖费还没有付给我。"坎曼尔回答。

---

* 伯克，高级地方行政官员。

我们敬重的就是这身官服

伯克大人下乡来，路上碰上一场雨，把衣服打湿了，人们只好帮他把衣服脱下来晾在门口。坎曼尔过来看到了，立即把手按在胸前，对着衣服恭恭敬敬地鞠躬行礼。

门口的人大声喊道："坎曼尔，你看花了眼吧。伯克大人坐在这边哩，那是他的官服呀！"

"哪会错呢？"坎曼尔说，"我们敬重的本来就是这身官服啦！"

你要活那么长干什么

坎曼尔当了医生。有个人来看病，说他很想长寿，请问要注意些什么。

坎曼尔说："必须对嗜好有所节制，你有些什么嗜好？"

"没有，我没有什么特别的嗜好。"那人回答。

坎曼尔说："对爱情也不能太执着，过于强烈也有损健康。这方面你有什么问题吗？"

"没有，我不很重视爱情。"

坎曼尔说："过分追求事业也可能对身体造成劳损。你可能有很强的事业心吧？"

"也没有，我很注重保护身体，事业心也是很淡的。"那人一一回答。

坎曼尔想了一下，问道："你既然无所嗜好，不重视爱情，也淡于事业，那么，你要活那么长干什么？"

反过来更难为情

坎曼尔同他的妻子古丽·巴哈尔回巴哈尔的娘家去。坎曼尔骑一头掉了毛的老毛驴，毛驴的脚还有点跛。

回来以后，巴哈尔说："答里，我们得换一头毛驴了。娘家的人都笑话我，他们说：'巴哈尔，你那丈夫倒不错，但你们那头毛驴太不像东西了。'我听了很难为情。"

"亲爱的巴哈尔，"坎曼尔说，"这没有什么不好，如果他们反过来说，'你们家那头毛驴倒不错，可你那丈夫太不像东西了'，可就更难为情啦。"

马缰有这么长

坎曼尔从朋友家借了一匹马骑回家。他拉着马缰，非常别扭地骑在马的臀部。

走近家门，妻子巴哈尔很远就看到了，大声地叫道："答里，为什么不骑到前面一点?"

坎曼尔回答说："没法子，马缰有这么长。"

三头毛驴

坎曼尔的毛驴走失了，在巴依的园子后面吃草，巴依把它牵了进去，同自己的两头毛驴拴在一起。

坎曼尔跟着踪迹找到了毛驴，巴依却说那是他的毛驴，不承认是从外面牵来的。

"你本来有几头毛驴？"坎曼尔问。

"三头！"巴依说，"我本来就有三头毛驴！"

坎曼尔的毛驴听到主人的声音，挣脱了拴绳，嘶叫着，跑到坎曼尔身边来了。

坎曼尔坐上毛驴，回头对巴依说："你的园子里确实有三头毛驴：两头南疆来的灰毛驴，一头本地产的蠢驴子！"

马尾保护得很好

古丽·巴哈尔的娘家送给她一匹马，巴哈尔叫坎曼尔去把它骑回来，并且告诉他，那马毛色美丽，特别是马尾很长，非常漂亮，要好好地保护。

坎曼尔答应了。

第二天，巴哈尔一听到马嘶就出来迎接，发现马尾只剩下一寸长的毛楂儿。她吃惊地问道："马尾怎么没有了？"

"有的！有的！"坎曼尔跳下马来，从荷包里掏出缠得整整齐齐的一束马尾，兴奋地说，"在这儿呢！我把它保护得好好的，一根也没有损失。"

将要采取的行动

坎曼尔把他的马系在巴札*上，不知怎么把鞍子弄丢了，他怀疑是被顽皮的孩子们解去了。

坎曼尔生起气来，大声地说道："谁把我的马鞍解去了？你们赶快给我找来，要不我就要采取行动了!"

巴札上的人看到坎曼尔生气了，都来帮他找马鞍。

当他们找到了马鞍，套上马背的时候，问道："朋友，如果马鞍没有找着，你将采取什么行动?"

"我当然要骑着袒马**回家。"坎曼尔说，"难道能把马丢在这儿不成?"

---

* 巴札，即集市。

** 袒马，没有马鞍的马。

是驴子还是骡子

坎曼尔赶着驴子到巴札上去卖。他把驴子系在驴马棚里，靠在旁边休息。

来了两个衣冠楚楚的巴依。

一个巴依说："这鬼地方，不是驴子，就是骡子，臊得难受！"

"真臊死了！"另一个巴依附和，"不是骡子，就是驴子，鬼也不会上这儿来！"

坎曼尔一听就笑了。

"你笑什么？"一个巴依问。

"我是想问，"坎曼尔说，"你们两位，哪一位是驴子，哪一位是骡子？"

我的烟斗没有熄火

坎曼尔到一个地方做客，宴饮中间他有事出去了一下，把烟斗放在餐席上。旁边一个人以为坎曼尔走了，顺手把烟斗塞到了自己的口袋里。烟斗里的火没有熄掉，把口袋点着了，从里面冒出烟来，这人一点没有发觉。

坎曼尔回来不见了烟斗，他随即就知道是怎么回事了。烟冒得越来越大。坎曼尔慢条斯理地对那个人说："对不起，先生！有一件事，如果我说了出来，你可能会不高兴；但如果不说，你也同样不会愉快。你说，我该说还是不说呢？"

"你还是说出来吧。"那人说。

"是这样的，"坎曼尔说，"你那个宝贵的口袋冒烟了。实在抱歉，我的烟斗是没有熄火的。"

去年四月来修辘轳

坎曼尔给巴依做了许多事，巴依送给他一本历书。

坎曼尔感激地说："送给我，你自己不就没有用的了吗?"

"不要紧，"巴依说，"反正是去年的。"

"去年的? 好极了!"坎曼尔说，"你用了一年，可见一定是合用的，我要好好地使用它。"

过了几天，巴依家里井上的辘轳坏了，请坎曼尔去给他修理。

坎曼尔说："我查了历书，去年四月初一是个吉利日子，到那天我一定来给你修得好好的。"

魔镜

坎曼尔从阿拉伯国家回来，向国王献上一架大穿衣镜。他把大镜子搬到宫廷里，镜面套着柔软的绒罩。

坎曼尔对国王说："我献给陛下一架魔镜。它有一种奇妙的功能，只有诚实的人才能用它。凡是虚伪的家伙站到它的面前，都看不到自己的影像，却会看到镜子背后的东西——它不愿接待任何虚伪的人。陛下可以用这面镜子来考验臣仆。您让每一个人在镜子面前照一照，如果有谁看不到自己的影像，就证明他是不忠诚的人。"

"真有那样的事？"国王和大臣们都好奇。

"真有那样的事！"坎曼尔说。

坎曼尔请国王试照。他让国王走到距镜子三尺远的地方站定，然后拉开绒罩。

国王看了好一会儿，坎曼尔问道："陛下看得见自己的影像吗?"

"我怎么会看不到呢?"国王说，"我看得很清楚，我看到影像里的瞳仁正盯着我庄严的王冠呢!"

接着是丞相和将军去照，他们都不无担心地走到镜子面前，久久地凝视。

丞相照了之后说："确实是面很不平凡的镜子，照人那么清晰。啊! 岁月真不饶人，我看到我的眉毛又白了不少啦!"

将军照了之后说："真的，没有哪面镜子把我额上的皱纹照得这么清楚，那是艰苦战斗的记录啊!"

大臣们一个接一个地走到镜子面前，久久地照看，都同样赞美镜子的神妙，也同样发表各自的感叹。

临了，坎曼尔对国王说："陛下! 请您走近去摸摸这个镜面，您会得到一种很不平常的感受。"

国王走近镜子把手伸了过去，一下惊呆了，张着嘴说不出话来——那感觉其实很平常，他什么也没有摸到，镜架原来是空的，上面根本没有装镜子。

镜子该进监狱

国王告诉坎曼尔，他叫了一个画家来画像，但这个画家很愚蠢，画得糟糕透了。

"他根本不懂得怎样描绘一个国王的形象，"国王气愤地说，"我把他送进监狱里去了。"

坎曼尔仔细看了这位倒霉画家的作品，又看了一下皇宫的镜子，然后说："我认为，陛下宫廷里所有的镜子都该送到监狱里去。"

"为什么？"国王惊讶地问。

"因为它们也都很愚蠢，"坎曼尔说，"都不懂得怎样能反映一个国王的形象。你一看就知道，它们照出的你的形容，和那些愚蠢的画家画的一样糟糕。"

马甩掉马头跑了

坎曼尔给国王放马。国王一匹心爱的马从山崖上跌下去，把颈子摔断了。

国王发怒道："除非你明早把我的马牵回来，要不就得小心自己的脑袋！"

第二天早上，坎曼尔到山上用缰绳套着一个没有躯干的马头，径直拉到宫廷里，对国王说："清早我上山去牵马。我把缰绳一拉，陛下那匹神奇的骏马突然跳了起来，甩掉马头，飞也似的奔向山那边去了，我只牵得一个马头回来。"

国王怒道："你胡诌些什么！没有马头的马怎么能跑呢？"

"陛下真聪明！"坎曼尔说，"没有马头的马是不能跑的，那么摔断了颈子的马又怎么牵得回来呢？"

撒谎的价值

坎曼尔同国王一起外出射猎，这时候空中刚好有大雁飞过。

国王说："坎曼尔，你相信吗，我能一箭射下一只雁来。"

"那算什么，"坎曼尔说，"我能一箭射下三只！"

他们当即表演。国王一箭射去，没有射中一只雁。坎曼尔也挽弓搭箭，射了上去，也没有射中一只，更不必说三只。

国王说："你一只也没有射下来，坎曼尔，你撒的谎也太大了。"

"撒谎不论大小，价值都是差不多的。"坎曼尔说，"陛下不必谦虚。"

愿天不要垮了下来

国王谈起自己的家世，他的祖父、他的父亲，都是非常出色的统治者，他的许多别的亲属，也都是显赫的人物。

"现在他们都在哪儿？"坎曼尔问。

"都在天上啦！"国王叹息着说。接着，他做了一个拱手的姿势，祝愿道："愿胡大保佑他们在天上幸福！"

坎曼尔也跟着做了一个拱手的姿势，祝愿道："愿胡大保佑天不要垮了下来！"

"这是什么意思？"国王问。

坎曼尔说："有您一个在世上，我们已经够受的了。如果天垮下来，让您的祖先们都回到地上，那我们就别想活了。"

铃铛

坎曼尔随国王外出，看到山间许多牛马都挂着铃铛。国王问："那是为什么？"坎曼尔回答说："它们颈上挂个铃铛，如果走失了，牧人可以追踪铃声找到它们。"

"不错，好办法。"国王说，"这些山谷很复杂，我打猎时也常常迷路。"

坎曼尔说："陛下以后出去，也可以挂个铃铛；国王当然要挂个特大的铃铛。我们就可以跟着铃声找到您了。"

"你的主意不错，"国王说，"我说坎曼尔，你的毛驴为什么不也挂个铃铛呢？"

坎曼尔说："那是没有必要的，陛下！我的毛驴还不至于愚蠢到走不回来。"

怕丢了水壶

坎曼尔同国王出去打猎。路上，国王口渴，要了坎曼尔的水壶。上山以后，他们走散了。坎曼尔找了好半天才把国王找到。他们相见的时候，坎曼尔都要哭了。

国王非常赞赏，说道："坎曼尔，难得你这么忠诚！你这么着急，是怕找不到我了吧！"

"我的陛下，"坎曼尔说，"我是怕丢了我的水壶，您不知道，这是一个多好的水壶哇！"

死了还怕什么呢

国王对坎曼尔说，他很怕死。

坎曼尔说："你现在没有死，怕什么？"

"万一明天死了呢？"国王问。

坎曼尔回答："已经死了，还怕什么呢？"

照管陵墓最好的办法

国王引坎曼尔参观他为自己新建的陵墓。

"你看我的陵墓怎么样?"国王问。

"很好,"坎曼尔说,"只有这样的陵墓才和一个国王的身份相称。"

"你说,我应该怎样来照管它呢?"国王又问。

"照我看,"坎曼尔说,"要使陵墓不致陈旧,必须马上启用。"

老百姓等于零

国王召坎曼尔进宫，对他说："我要把你们那个牧场辟为打猎禁地，老百姓不得入内。"

坎曼尔问道："人们都同意吗？"

"我的大臣都同意。"国王说。

"老百姓呢？"坎曼尔又问。

"老百姓等于零，不算数，他们有什么意见！"

过些时候，国王带着人马下乡，老百姓都跑光了。

国王把坎曼尔叫来，问老百姓哪里去了。

"他们都跑了，"坎曼尔说，"陛下找他们干什么？"

国王说："我的人马要粮食，要草料，不找老百姓我去找谁！"

"老百姓算什么！"坎曼尔说，"老百姓等于零，不算数，您去找谁都可以，他们不会有意见的。"

他知道自己值多少钱

有一天，坎曼尔从河边走过，碰上一个人掉在河里。坎曼尔跳下水去救他上来。落水的原来是城里富有的巴依。巴依被救上来以后，定了定神，掏出钱包，瑟瑟缩缩地从里面挑出一文钱给坎曼尔，作为救命的酬谢。

旁边围观的人议论开了："人家救了你的命，要酬谢，怎么能只给一文钱呢！"

"还是把他撂到河里去，这个吝啬鬼！"有人叫了起来。

"对，丢他下去！"有人响应。

坎曼尔连忙说道："千万不要这样做！这位巴依值多少钱，他自己比你们清楚。"

答里·坎曼尔是有这么多胡子的

有一天，坎曼尔赶着毛驴到城里去做买卖，看到一个人在人群里吹牛，说他就是塔里木的答里·坎曼尔，他连国王和大臣都敢捉弄。

坎曼尔走上前去，拉了拉他的衣角，把他拉到一个角落里，轻轻地说："不好了，你说你捉弄了国王和大臣，现在国王的卫兵把这个地方包围了，马上就要来抓你，你快想办法逃走吧！"

那人慌了手脚，问道："有办法救我一下吗？"

坎曼尔说："办法倒是有，你钻到我的布袋里，我用毛驴驮着你送出城去，别人不会发现的。"

那人非常感激，乖乖地钻进坎曼尔的布袋。坎曼尔把袋口紧紧扎牢，然后把他像褡裢一样搁在毛驴背上，下面还堆了些别的东西，慢慢地赶出城去。

那人在里面闷得很难受，但是一声也不敢吭。

走了一段路，坎曼尔把他放了出来，那人昏头昏脑地坐在地上。

坎曼尔问道："你是答里·坎曼尔吗?"

"说实在的，我不是坎曼尔，也不认识他，只知道他的名字，我是说着玩儿的。"那人不好意思地说。

"老弟，我告诉你，"坎曼尔撇撇大胡子说，"答里·坎曼尔是有这么多胡子的，你要长这么多胡子还得一些时候啦。以后，你再不要冒充坎曼尔了，如果你再冒充，他又会叫你钻布袋。"

毛驴应该让开

坎曼尔去卖毛驴。巴札上非常拥挤，他把毛驴系在旁边的空地上。不远处坐着一个伯克在那儿喝奶茶，两个仆人在旁服侍。

一个仆人叫道："走开走开！我家伯克闻不得毛驴的气味儿！"

坎曼尔也叫道："走开走开！我的毛驴闻不得伯克的气味儿！"

伯克大怒道："这是什么话，我都快六十岁了，你能这样不尊重我吗？"

坎曼尔立即解下毛驴，拍拍它的背，说道："你确实应该让开，你才五岁，他可以做你的爷爷啦！"

如果变化发生在这一头

坎曼尔喝了一杯酒，他一路哼着歌，牵着毛驴，晃晃悠悠地回家去。一个小偷看到他漫不经心，就轻轻地跟在后面，把毛驴解下，在绳子上系了一只死兔子让他拖着。

走近家门，他的妻子巴哈尔老远就看到了，喊道："答里！你这是干什么？看你拖的什么东西？"

坎曼尔回头一看，大吃一惊，说道："你怎么啦，我的毛驴？刚才还看到高高大大的，怎么一下子变成了这个样子？"

"你还说呢！"巴哈尔叫道，"你就只知道拉着绳子，不看看绳子那一头发生了什么事！"

"亲爱的！"坎曼尔轻轻地说，"别生那么大的气。对绳子那头的事你这么认真，如果绳子这头发生同样的变化，你该怎么说呢？"

统一的回答

一位阿拉伯学者到塔里木来找坎曼尔，说："听说你是这里最有学问的人，我特地来向你请教。"

坎曼尔说："你有什么问题，说吧。"

那位学者说："我要问你三百个问题，你能不能用一句明确的话，对这些问题作统一的回答，而且，回答必须对所有的问题都适合。"

"当然可以，你说吧！"坎曼尔说。

阿拉伯学者开始陈述他的问题，坎曼尔安然地躺在折椅上喝奶茶。

当问题提到一百五十个的时候，那位学者已经很累了，就说："你可不可以先回答这些问题，然后再说别的？"

"当然不行，"坎曼尔说，"你说的是要我回答三百个问题，我怎么能只回答一半呢?"

那位学者只好继续说下去。当他非常吃力地把三百个问题都说完以后，请坎曼尔回答。

坎曼尔站起来回答说："我不知道。"

歌声引起的乡思

县官在宴席上唱了一支歌，许多人喝彩叫好，坎曼尔却沉思不语。

"怎么样，坎曼尔？"县官问。

坎曼尔说："您唱歌的声音，我听起来好像很熟悉，我一听就想起家乡来了。"

县官非常得意地追问："那是怎么回事，跟我说说。"

坎曼尔回答道："从前我在家时，每天从隔壁传来热烈的声音，我都听惯了。听到你的歌声，我仿佛又回到了那个地方。"

"你家隔壁是个歌剧院吧？"县官又问。

"不是的，"坎曼尔说，"那里是个驴马圈。"

登山的秘诀

有人问坎曼尔："许多人登山往往只爬到半山腰，你却总能登上山顶，你是怎么登上去的?"

坎曼尔说："因为我掌握了一个秘诀，所以我总能登上去。"

人们很想得到他的秘诀，坎曼尔却不肯说。

过了很久，坎曼尔说道："如果你们一定要了解我的秘诀，没法子，我只好告诉你们。咳!"坎曼尔清了清嗓子，严肃认真地说，"请你们记住：当你还没有到达山顶的时候，千万不要停步。"

朝过圣的驴子

有个神学家从非洲回来，对坎曼尔说："你知道吗，坎曼尔，我到乞力马扎罗山朝过圣啦！"

"是吗？"坎曼尔说，"骑驴子去的吗？"

"对，骑驴子去的。"

"这么说，你的驴子也朝过圣啦？"

"对，带它去了，我让它也对圣山行了礼呢！"

"不过，"坎曼尔说，"我看它还是一头驴子。"

袋子也活不下去了

坎曼尔从巴札上卖了东西回来，碰到一个巴依，巴依借去了他的空皮袋。之后，坎曼尔去参加一个宴会。借皮袋的巴依也在那里。

宴饮中间，那个巴依一面吃，一面把好吃的食物暗地里装进借来的皮袋里。

宴会过后，那个巴依哭了起来，说他的肚子痛得厉害。别人担心他发了急病。巴依说他不是病了，实在是东西吃得太多。他哭丧着脸说："我活不下去了，我的肚子胀得要命！"

坎曼尔一听，也哭了起来。

"怎么啦，你哭什么呀？"别人吃惊地问。

坎曼尔拉起巴依身边的袋子说："我哭我的袋子呀！我的袋子也一定活不下去了，它比这位巴依的肚子胀得还要厉害。"

斧头被狼衔去了

坎曼尔的斧头放在巴依的门口，巴依把它藏了起来，又假惺惺地问坎曼尔："听说你的斧头被人偷了，是吗？"

"没有的事，"坎曼尔说，"斧头是被狼衔去了。"

巴依听了很尴尬，但还是硬着头皮说："你弄错了吧，斧头又不能吃，狼衔去干什么呢？"

"斧头确实是被狼衔去了，"坎曼尔说，"至于衔去干什么它倒是没有告诉我，但它自己一定是知道的。"

要比驴子略微聪明一点儿

坎曼尔在沙漠里给人当向导。

一个商人问道："沙漠里沙雾弥漫，漫无边际，你是怎么辨认路径的？"

"这很简单，"坎曼尔说，"我依靠驴子。我只是坐在驴背上，而且常常打瞌睡，路由驴子去走就得了。"

商人特别感兴趣，他说："坎曼尔，你的驴子真有这样聪明？"

"真有这样聪明。"

"我说，坎曼尔！"商人说，"把你的驴子卖给我吧，我出一个可观的价格，不会使你吃亏。"

他们讲成了生意。

过了几个月，商人回来，对坎曼尔吼道："坎曼尔，我上了你的大当！你的驴子根本不聪明，它到了沙漠里完全不认识路，只知道信步乱闯。我差点儿在沙漠里送掉老命，如果不是偶然碰上了人的话。"

"啊呀，我的先生！"坎曼尔说，"对不起，我忘了交代你了。这驴子有个特点，必须是骑在它背上的人比驴子略微聪明一点儿，它才会相应地聪明；如果它背上的人连驴子都不如，它也就同样地愚蠢。"

招呼一头驴不容易

坎曼尔的毛驴被偷走了，他只好到驴马市场去再买一头。走到市场，他发现一个人牵的驴子正是他丢的那一头。

坎曼尔走过去问道："朋友，这驴是卖的吗?"

"是的，"那人说，"你要吗?"

"得多少钱?"

"便宜卖，五百块给你!"

"不贵，"坎曼尔说，"但我只愿意出四百。"

"如果你真要的话，四百五怎么样?"

"很好，"坎曼尔说，"不过，我只想付三百五。"

"你这个人是怎么的，刚才你自己不是还了四百吗? 就四百，怎么样?"

"三百五也不算少了。"坎曼尔说。

"你这个人真难缠！我有急事儿，就三百五，你付钱吧！"

"我现在只想给你三百块了。"

"你怎么越还越少！"那人说，"别开玩笑了，老兄，招呼一头驴可真不容易呀！"

"你懂得这一点就好，"坎曼尔说，"你从我那儿牵到这里尚且不容易，那么，我把它喂养大可就更不容易啦！"

我现在头疼

　　有个爱吹捧的神学家，看到坎曼尔，说："认识你，我很高兴。你知道吗？我有个习惯：看到我尊敬的人，会感到十分快活；但如果看到讨厌的人，我就会头疼。"

　　"是吗？"坎曼尔说，"我也正有这样的习惯。"

　　"那好极了，来，我们来干一杯！"

　　"可惜不行啊，"坎曼尔说，"我现在头疼得厉害。"

如果两个人都躺着

　　一个神学家搭乘坎曼尔的船过湖，船到湖心，忽然起了风浪。神学家惊恐万分，躺在船上，闭着眼睛，呼唤胡大救命。坎曼尔奋力荡桨。到离靠岸不远的地方，风浪把船的一头掀到湖里，坎曼尔好不容易才把船荡到岸边。

　　一到岸上，神学家就大发脾气，指责坎曼尔没有把船驾好。

　　"我的先生，"坎曼尔说，"船上一共两个人。如果两个人同时用力，相互配合，这船就不会翻；一个人用力，一个人躺着，所以翻了一半儿；如果我们两个人都躺着，早都到胡大那里去了，你还有时间来责备我吗？"

钥匙在我身上

　　有一天，坎曼尔从外面回来，发现一个小偷搬了一把梯子，搭在他家院子的墙上，准备翻进去。

　　坎曼尔漫不经意地问道："出了什么事？要不要帮忙？"

　　小偷以为他是过路人，就说："我把钥匙忘在家里了，门打不开，只好翻墙进去。"

　　"用不着费事了！"坎曼尔说，"钥匙在我身上，我这就开门，一道进去吧！"

弯路提前走过了

"穿过沙漠你走了多长时间，坎曼尔？"

"去的时候走了整整一个月。"

"可是你怎么回来得这么快？"

"因为回来只走了十天。"

"那是怎么回事？"

"我把回来时要走的弯路，在去的时候都走了，所以回来就快多了。"

会念经的猫

坎曼尔在巴札上出售他的猫。他叫卖道："卖猫！卖猫！我的猫会念经，任何老鼠听到它念经就会软下来，一只也跑不掉！"

许多人都来看他那些会念经的猫。

"你的猫真会念经？"人们问。

"当然真会念。"坎曼尔说。

"叫它念一段给我们听听！"

"不行，"坎曼尔说，"它们要到抓老鼠的时候才念。"

坎曼尔的猫很快就卖光了。

过些时候，坎曼尔在街上碰到一个买了猫的人，那人对他说："坎曼尔，我买的那只猫不会念经啊！"

"抓老鼠怎么样？"坎曼尔问。

"抓老鼠倒不错，有了那只猫，就看不见老鼠了。"

　　坎曼尔说："它一定念了经的。"

　　"没有，"那人争辩说，"我仔细听过，当它碰上老鼠时，只是'噗噗'的几声，那老鼠就不动了。"

　　"啊呀，我的朋友！"坎曼尔叫了起来，"猫的经正是这样念的呀！你还要它怎样念呢！"

勇敢的战斗

答里·坎曼尔洋洋自得地对人们讲述他参加一次战斗的经历。

他说："当弟兄们呼喊着奋勇向前的时候，我也冲了上去，没走多远就遇到一个敌人，我冲上去对着他的大腿戳了一枪。"

"他死了没有?"

"肯定活不了。"

"你真勇敢，坎曼尔! 他没有抵抗吗?"

"他怎么敢抵抗呢!"

"可你为什么不刺他的脑袋呢，脑袋可是要害啊!"

"那不可能，"坎曼尔说，"因为我碰上他的时候他已经没有脑袋了。"

我打的大概是畜生

坎曼尔和巴依同路从城里回来。他们走过一栋房子时，发现了一架梯子，巴依把梯子背着，对坎曼尔说："我家里很需要一架梯子。除你以外，这里没有一个人看见，他们不会发现的。"

坎曼尔一声不吭，对准巴依的脑袋狠狠抽了两鞭子。

巴依怒道："你怎么打人？"

"没有，"坎曼尔说，"这里除我以外，没有一个人，我打的大概是畜生。"

儿子和老子

　　坎曼尔在街上卖牛肉，他把最好的一块留下来，说这是要留给他的儿子的，谁要都不卖。

　　后来乡约来了，坎曼尔立即把那块留下的好肉给了他。

　　有人问："你不是说要留给你的儿子吗?"

　　"他就是我的儿子啊!"坎曼尔说，"我的儿子才多呢，给一块肉就是一个儿子。"

　　"你要那么多儿子干什么? 儿子多了养不起呀!"

　　"你要知道，"坎曼尔说，"如果不给，他就成了老子，老子多了更难办。"

用"将来"款待你

钦差大臣来到塔里木，他送来了国王的福音。钦差大臣说："国王要在这儿普施恩泽，塔里木将建设得非常美好。将来，老百姓不用上缴赋税，生活会过得非常幸福。将来，老百姓会完全自由，不会有任何束缚。将来，这片土地会变成人间的天堂。"

坎曼尔代表大家欢迎钦差大臣。他说："尊敬的大臣！我们将要隆重地招待你。将来，我们请你喝上等的酸奶子。将来，我们要为你做又香又脆的油馕。将来，我们将请你吃鲜美的松鸡、肥羊和牛肉。"

钦差大臣说："你说了那么多'将来'，可我现在什么也没的吃啊！"

"用不着忙，尊敬的大臣！"坎曼尔说，"你给我们送来的国王的恩惠都是'将来'，我们也只好用'将来'来款待你。"

不是衔走的，是牵走的

伯克每个月到坎曼尔的村庄来一次，一来就要派两只羊。他却装作关心的样子，对大家说："小心看护你们的羊群。山那边的村里遭受狼害，有条老狼，每次来都要干掉一只羊。"

坎曼尔听后说："那还算好，我们这边一条老狼，每次一来就要干掉两只羊。"

"一次两只？"伯克怀疑地问，"只是咬死，还是吃掉？"

坎曼尔说："既不吃掉，也不咬死，都带走了。"

"一条狼一次能衔走两只羊吗？"伯克又问。

坎曼尔回答："它不是衔走的，是牵走的。"

你也对着它叫吧

伯克对坎曼尔说:"答里·坎曼尔,我家的狗实在讨厌,它整夜地叫,闹得我不能睡觉,我真不知道怎么办!"

"那好办啊!"坎曼尔说,"它叫的时候,你也对着它叫吧,它肯定会害怕的。"

伯克说:"别开玩笑,我怎么能对着它叫呢!我对它叫,它是毫不在乎的。"

"啊呀,怎么会不在乎呢?"坎曼尔说,"你那只狗叫确实叫人害怕,但你叫起来还要可怕十倍!"

纯金的帽子

国王指着头上的帽子对坎曼尔说："你知道吗？我的帽子是纯金的。"

坎曼尔端详了一会儿，说："我想看看陛下脱帽的形象。"

国王把帽子取下来。

坎曼尔说："照我看，国王即使不戴帽子，也还是国王。"

"你说得不错。"国王说着，又把帽子戴上。

坎曼尔继续说："傻瓜，即使戴着纯金的帽子，也还是傻瓜。"

个个都可以上天堂

坎曼尔到王宫里去，国王和大臣们正在讨论灵魂上天堂的事。

国王问坎曼尔："你看我的朝廷上，将来谁会上天堂？"

"陛下，您当然是第一个会上天堂的。"坎曼尔说。

"啊，你说得好。"国王说，"还有呢？"

"接下来的，当然是丞相。"坎曼尔说。

"还有谁呢？"

"我看陛下的大臣个个都可以上天堂，没有不能上去的。"

国王很高兴，说道："我的大臣都很正派，所以灵魂都可以上天堂吧?"

"这我倒没有想到,"坎曼尔说,"我看到你的大臣个个都会向上爬,看他们那股劲儿,我想他们是会爬到天上去的。"

同你没有关系就好

坎曼尔把他的毛驴拴在巴札旁边的空地上，走开去买点东西。当他回来的时候，发现一个人正在解他的毛驴，准备骑走。

坎曼尔走上前去，很有礼貌地问道："先生，你是警官大人吗？"

"不，我不是。"那人回答，若无其事地摆弄那头毛驴。

"那么，你爸爸是警官吧？"坎曼尔问。

"也不是，我爸爸也不是警官。"

"大概有个兄弟是警官吧？"

"没有，我家里没有人当警官。"

"谢谢你，"坎曼尔说，"弄清这点我就放心了，我听说这个巴札上的警官非常厉害。"

“这同我有什么关系?”那人说。

“同你没有关系就好,”坎曼尔说,“因为你和警官没有关系,我就可以说了——这头毛驴是我的。”

吸取智慧

有个神学家的门徒吹嘘他老师的学问和智慧。

"没有哪个人不尊敬他，"那个自以为了不起的门徒说，"他走到哪里，人们就跟着望到哪里，都希望从他的一举一动中吸取智慧。"

坎曼尔听了笑道："原来是这样！人们到猴圈里看猴子，猴子跳到哪里，大家也跟着望到哪里。现在我才清楚了，人们肯定从猴子身上吸取了不少智慧。"

肚子很饿的鹰和肚子很饱的伯克

　　一只鹌鹑被鹰追得走投无路，无意中落在伯克的面前，被伯克轻而易举地抓住了。

　　伯克抓着喘息而又惊惶的鹌鹑对坎曼尔说："这小家伙差点被凶狠的饿鹰抓着了，幸亏我救下了它。"

　　"不过，"坎曼尔说，"对它来说，碰上肚子很饿的鹰和碰上肚子很饱的伯克，大概是没有什么不同的。"

让狗不叫的方法

巴依养了一条狗，呼来唤去，非常灵活，可就是晚上爱叫，打搅巴依的睡眠。巴依先是教它，后来大声呵斥，甚至用棍子赶它，但是狗性不改，晚上还是吠叫。

巴依问坎曼尔："你有法子让我的狗不叫吗？"

"我当然有办法，"坎曼尔说，"如果交给我办，我担保它晚上不叫。"

"交给你了，"巴依说，"只要它晚上不叫，你用什么法子整它都行。"

坎曼尔把狗唤去。这一夜狗果然一声也没吭，巴依睡了个好觉。

早上巴依起来很高兴。他一开门，发现那条狗被吊在门前的树上，早没气了。

巴依大怒，问坎曼尔为什么把狗吊死。

坎曼尔说："你说只要让狗不叫，随我用什么法子都行。我的办法特别见效，现在每天晚上你都可以安安静静地睡觉了。"

高兴苍蝇守约

伯克到坎曼尔家里做客，不知为什么，几只苍蝇老围着他飞。

伯克用手挥赶着苍蝇，叫道："坎曼尔，你屋里有这么多苍蝇！"

"苍蝇来了吗？我真高兴。"坎曼尔说。

"苍蝇来了你高兴什么呀？"

"我高兴它们如此守约，"坎曼尔解释说，"是这样的——我同苍蝇订了约，平时不准它们飞进我的屋里，但如果有它们感兴趣的朋友来到，就允许它们来亲近一下。这些苍蝇肯定是对大人很感兴趣，所以都飞来了。"

天山的鹰和到过天山的鸡

一位神学家问坎曼尔："你去过天山吗?"

"去过的,先生!"坎曼尔说,"怎么,你想去?"

"对啦,我想去一趟。"神学家说,"天山是一座神山,能够上一趟天山可是不简单! ——喂,我说坎曼尔,你去过天山,有什么感受?"

"我发现天山上的鹰就是鹰。"坎曼尔说。

"那还用说!"神学家说,"还有什么呢?"

"如果一只鸡,"坎曼尔说,"到天山转了一圈儿,回来还是一只鸡。"

没有心病也没有肝病

国王请坎曼尔看病。他觉得胸部发疼，腹部发胀，就问道："你看我有心病没有？"

"没有，"坎曼尔说，"陛下没有心病。"

"那么请你看看，我有肝病没有？"

"也没有，陛下也没肝病。"

"坎曼尔，"国王叫道，"你还没有诊脉，怎么就断定我既没有心病，也没有肝病呢？"

"这是不需要看的，陛下！"坎曼尔说，"人们都说你没有心肝，怎么可能有心肝的病呢？"

驴子对你不感兴趣

坎曼尔骑着毛驴外出，路上碰着也骑着驴子的伯克。坎曼尔的毛驴对着伯克兴冲冲地走去。

伯克笑道："真有意思，坎曼尔，你的驴子对我亲热起来了，你的家教真不错。"

"我的家教当然不错，我教它对什么样的朋友感兴趣。"坎曼尔说，"不过，你别弄错了，它感兴趣的是你那头驴子，可不是你呀！"

哪一次最高兴

　　国王经常出去赛马。他问坎曼尔："人民看到我参加赛马，他们会高兴吗？"

　　"当然。"坎曼尔回答说，"看到陛下赛马，他们哪能不高兴？有一次我看到他们简直欣喜若狂。"

　　国王听了很高兴，问道："是看到我得奖那一次吧？"

　　"不，不是。"坎曼尔说，"是看到您从马背上摔下来那一次。"

王冠怎样才能戴上头去

国王做了一项用黄金细丝编织的王冠，上面编有龙凤花纹，镶着宝石，极其精巧华丽，只是略微小了一点儿，脑袋戴不进去。

大臣们告诉国王，坎曼尔一定有办法帮助国王把王冠戴上头去。

国王把坎曼尔召来，对他说："我的王冠非常珍贵，只是略微小了一点儿。不准弄坏王冠，你能帮我把它戴上头去吗？"

"那很容易，"坎曼尔说，"您把脑袋削尖一点儿，王冠准可以戴进去。"

最大的谎

国王对坎曼尔说:"人们告诉我,说你最爱撒谎,是真的吗?"

"很可能是真的,如果他们要这么说的话。"坎曼尔说。

国王说:"撒谎是犯罪的行为。不过,如果你当着我的面,撒一个世界上最大的谎,而且能够使我信以为真,我可以不办你的罪。"

"您太仁慈了,我的陛下,我祝您万寿无疆!"坎曼尔鞠躬致敬。

国王说:"现在我叫你撒谎啊!"

"难道还有比刚才说的更大的谎吗?而且您已经信以为真了。"坎曼尔说。

我的驴子的头脑最聪明

有人问神学家："尊敬的先生！你为什么这样聪明？学问这么丰富？既能给我们祈祷，又能给我们解决各种疑难。"

神学家指着头上白色的头巾说："有戴白头巾的头脑而不聪明的吗？你要知道，这洁白的头巾不是那么容易戴的呀！"

坎曼尔听了，就把一条白色头巾盘在他的驴子的头上，说道："如果戴着白头巾的头脑都聪明，那么我的驴子的头脑现在是最聪明的啦！"

黄金和馕

    发生动乱，人们都外出流亡。坎曼尔和一个巴依同路。巴依背了一大袋子黄金。

    坎曼尔对巴依说："你怎么带这么多黄金？还不如带点吃的。"

    "你知道什么！"巴依说，"黄金是世界上最高贵的东西，黄金可以使胡大低头。身上有了它，心里就踏实了。你大概从来没有同黄金打过交道，所以对它没有感情。"

    "这是真的。"坎曼尔说。

    走了很久，所到之处，人们逃亡一空，找不到任何吃的。当他们休息的时候，坎曼尔就吃自己带来的馕。巴依没有什么可吃，实在饿得发慌。

    "我说坎曼尔，"巴依说，"我没有什么吃的，怎么办?"

"吃你的黄金吧,它可是世界上最高贵的东西!"坎曼尔说。

"别开玩笑,"巴依说,"这样吧,坎曼尔,我用同样重的黄金换你一块馕,你知道,黄金比馕贵重得多啦!"

"谢谢,"坎曼尔说,"我不换,我从来没有同黄金打过交道,对它没有感情,还是你自己留着吧!"

万一他们把您放回去

国王外出，坎曼尔给他赶马。路上，国王被强盗抓住了。

国王对坎曼尔说："当我的臣民们知道我在这儿受苦，他们会多么悲痛啊！"

坎曼尔回答说："说不定有朝一日，他们还要更加难受哩！"

"你是说，万一我被这些强盗杀害了？"国王问。

"不，"坎曼尔说，"我是说，万一这些人把您放回去的话。"

智慧的葫芦

国王问坎曼尔："人们都说你是一个智慧的葫芦，你哪儿来那么多的智慧？"

"我的陛下！"坎曼尔说，"您一定是弄错了。并非我是一个智慧的葫芦，而是我家里有一个智慧的葫芦。任何人只要有一丁点儿智慧，用那个葫芦每天喝三葫芦凉水，他的智慧就会成百倍地增长。正好比，地里如果有一粒麦种，只要供应它足够的水，明年就会结出成百倍的麦粒。我每天用那个葫芦喝水，所以人家说我的智慧并不短缺。"

国王听了非常惊异。"好坎曼尔，"他说，"把你的葫芦给我用一用吧！"

"陛下要用还有什么说的，"坎曼尔说，"去拿来就是了。"

葫芦拿来了，足可以装四升水。

国王看了看，问道："这么大个葫芦，每天三葫芦水喝得下吗？"

"当然，"坎曼尔说，"如果不是为了使自己聪明点儿，我是不想喝那么多水的。"

"说得有理，"国王说，"为了得到智慧，多喝些水是值得的。"

国王每天喝三葫芦凉水。喝了三个月，肚子胀得像头牯牛，头脑却仍和原来一样空虚。

国王把坎曼尔找来，问道："坎曼尔，我喝了三个月凉水，却并没有增长什么智慧，是怎么回事？"

"啊呀，我的陛下！"坎曼尔说，"我早说过，一个人必须自己有丁点儿智慧，葫芦的水才能使他的智慧增长起来。如果有谁连丁点儿做种的智慧都没有，那么葫芦倒给他的还是凉水，不会长出什么智慧来。正如播在地里的必须是麦种，才能长出麦子来，如果种的是沙子，那么给它再多的水，也不会长出麦子来的呀！"

使狼不吃羊的办法

一个牧羊人向坎曼尔诉苦："狼吃掉了我很多羊，有什么办法对付它们吗？"

"只有把它们打死。"坎曼尔说。

这个慈悲的牧人说："狼吃我们的羊固然残忍，但打死它们同样也是残忍的，难道就没有别的办法吗？"

"办法当然还有，"坎曼尔说，"如果你让它们吃饱，它们就不会到羊圈里来为害了。"

"那好极了，"牧羊人说，"但我用什么去喂饱它们呢？"

"当然是用羊啦！"坎曼尔说。

他不会再要表兄弟

　　一天晚上，敌人突然袭击县城，许多居民自动参加战斗，把敌人赶跑了。事后，参加战斗的居民每人被奖励了一匹马。

　　阿纳曼来找坎曼尔，说："答里·坎曼尔！帮我证明一下，就说我也参加了作战。你知道吗，一句话就是一匹马，我可很想要那匹马。就这么一回，这个忙可得帮啊！"

　　"试试看吧！"坎曼尔说。

　　领奖的时候，有人提出，谁也没看到阿纳曼参加作战。阿纳曼就请坎曼尔证明。

　　坎曼尔说："确实，当时阿纳曼和他的兄弟也参加了作战。"

　　"坎曼尔！"有人叫了起来，"你说得不对，阿纳曼是独生子，根本没有兄弟！”

　　“不是兄弟，那就是表兄弟吧！”

　　“更不对了，他连姑姑都没有，哪儿来的表兄弟？”

　　“啊呀！”坎曼尔说，“何必这么计较呢，反正你们给他一匹马就完事了，他不会再向你们要什么表兄弟的！”

心肝都是黑的

　　坎曼尔背了一笼兔子到集市上去卖。走过巴依阿拉汉的房子时，一只兔子蹦了出去，跳进园子，混进巴依阿拉汉的兔群里面去了。

　　坎曼尔进园去抓这只兔子。

　　"没有的事，"阿拉汉说，"园子里的兔子都是我的，并没有什么兔子混进来。"

　　"这事容易办，"坎曼尔说，把兔子数一数，你有多少只兔子，多出来的就是我的。

　　"我的兔子从来不数，"阿拉汉说，"数它干什么，反正没有你的。"

　　"那好，"坎曼尔说，"没有我的就好。我的兔子发了瘟病，你知道，一发兔瘟，几天之内所有的兔子就会死光。我担心混进来，把兔瘟传给你的兔子。现在没有混进来，我就放心了。"

"有这样的事?"阿拉汉说，"那得看一看，说不定混进来了。——我说坎曼尔，你的兔子你认得准吗? 你得把它找出来，别把兔瘟传到我这儿。"

"这没问题，"坎曼尔说，"如果你不反对我找的话。"

"你找吧，不过你得认准!"

坎曼尔从兔群中抓了一只，说道："就是这一只。"

坎曼尔提起兔子的耳朵，那兔子拼命蹦跶。阿拉汉仔细瞧了一会儿，问道："这不像有什么病的样子，你没认错吗?"

"没错，"坎曼尔说，"你莫看它一本正经，其实它只想混。外表上看它好像很不错，可里面心肝都是黑的。"

你应该高兴

坎曼尔从城里回来,告诉他的妻子古丽·巴哈尔,他把毛驴丢失了。

他的妻子听了非常生气,说道:"你怎么这么没用!把坐骑的毛驴都丢了,还好意思回来见人?"

"我说,亲爱的!"坎曼尔慢条斯理地说,"你应该高兴才是啊。如果我的毛驴回来告诉你,它把坎曼尔丢失了,损失可就更大啦。"

这儿的水浅些

坎曼尔从湖那边打猎归来，妻子巴哈尔远远地看着他的船到了湖边，就是不见人上岸来。巴哈尔跑去一看，只见坎曼尔在水里摸来摸去。

巴哈尔问道："你摸什么，答里？"

"我的猎枪掉到水里去了！"

巴哈尔下水同他一起摸。摸了半天，没有摸着。

"你到底把它掉在什么地方了？"巴哈尔问。

坎曼尔指着湖心说："掉在湖中间。"

巴哈尔生气地说道："掉在湖中间，那你在这儿摸什么呢？"

"这儿的水浅，好摸些。那里的水太深，没法摸呀！"坎曼尔说。

买到毛驴的优点

坎曼尔觉得他的毛驴老了，走路也迟钝了，决定赶到驴马市上去把它卖掉。

坎曼尔找到驴马经纪人，把自己的意图告诉了他。

经纪人把毛驴牵了出去，向前来看驴的顾客介绍说："这是一头最好的毛驴，腿脚健壮，行步稳当。你们看看，它的毛色如此匀称纯净。它走过三千里路了，即使最险的路也从不失蹄，脾性又好。这是两年以来到我手里的最好的毛驴。谁要就趁早，等一下就买不着了。"

坎曼尔听了立即走了上去，说："还是归我吧！"

他付了经纪费，又把毛驴赶了回来。

回来后，坎曼尔把事情告诉了妻子巴哈尔。巴哈尔生气地说："你这是为什么？白跑一趟，还白花了经纪费！"

"亲爱的，怎么是白跑呢！"坎曼尔说，"如果不跑这一趟，我怎么知道我们的毛驴有这么多优点呢！"

给伯克尝新

坎曼尔同巴哈尔在地里割苜蓿，伯克骑着马来了。

"坎曼尔！"伯克拉住马缰，喊道，"你们在干什么？"

坎曼尔回答说："我们在割苜蓿。这鲜嫩的苜蓿做汤，味道好极了，我正要送一把给您尝新哩！"

坎曼尔走上去递上一把苜蓿。

伯克非常高兴，说道："我真感谢你们啦！"回头看到巴哈尔还抱着许多，他又问道："剩下那么多，你们还准备送给谁呢？"

"这些我们抱回去喂驴子，大人！"坎曼尔说。

征收一半

坎曼尔从外地赶了八头羊回家。经过第一道关口时，关吏征税收去一半，只剩下四头。过第二道关口时又征收去一半，只剩下两头。过第三道关口时又征收一半，只剩一头了。

坎曼尔牵着一头羊回家，很高兴地告诉妻子巴哈尔说："幸亏没有过四道关，要不我只能牵半头羊回来了。你知道吗，要赶半头羊上路那可真不容易啊！"

巴哈尔听了非常生气，她认为这些关吏征税太没道理。她拉着坎曼尔，要他一起去同那些关吏评理。

"亲爱的，我俩一道去行吗？"坎曼尔说，"那得先商量一下，如果他们也要征收一半，我们交出哪一半呢？"

这里没有老头和驴子

坎曼尔同妻子巴哈尔一起上集市。他们要去的地方不同，约定在集市东头的大榆树下会合。那榆树非常之大，树上有三个鸟窝，一个老头正在树下喂他的驴子。

巴哈尔说："记住这棵榆树，中午我们在这儿会合，谁先到就在这儿等着。别忘记，就是这位老人家喂驴子的地方。"

到了中午，巴哈尔在树下左等右等，就是不见坎曼尔到来。巴哈尔费了好大周折才把坎曼尔找到，坎曼尔也在到处找她呢。

巴哈尔指着大榆树，生气地说："我不是叫你在这棵树下等着吗？你没看到，树上有三个这么大的鸟窝……"

"鸟窝有什么用?"坎曼尔大惑不解地说,"我们约定的树下有个老头在喂驴子的,可这儿哪有老头和驴子呢?"

我还是数准确的好

巴哈尔回娘家去了。临行她告诉坎曼尔，她家搬到了长山子村的第二十三幢。"你按门牌顺序，数到第二十三号，注意别弄错了。"

坎曼尔记住了。

过些时候，坎曼尔去接巴哈尔。他走到了长山子村，非常认真地数着门牌。巴哈尔正在井边打水，老远就看到了坎曼尔。

"答里，你来了!"巴哈尔热情地喊着，走了过来。

坎曼尔仍然一本正经地数着门牌。

"答里，你这是怎么啦，你看到我还数什么呢?"巴哈尔喊道。

坎曼尔说："我还是数准确的好，万一弄错了怎么办!"

请活佛摸顶

坎曼尔到尼泊尔廓尔喀去礼拜拉巴活佛。许多善男信女排列成行，请活佛给他们摸顶。因为据说活佛在人们头上摸一下，他们就可以长寿。坎曼尔也钻进去，请活佛摸了顶。

坎曼尔回来告诉巴哈尔，活佛给他摸了顶。他说得眉飞色舞，喜不自胜。

过了几天，听说活佛突然死了。

"啊!"坎曼尔一拍脑袋，非常后悔地说，"当时我忘记了，没有请活佛在他自己的头上也摸一下!"

第一次说公道话

有一天晚上，坎曼尔发现乡约蹑手蹑脚地走进羊圈偷他的羊羔。坎曼尔不声不响地等在门外。当乡约伸脚出来，坎曼尔一手按住他怀里的羊羔，说道："等一下，还没讲价钱呢！"

乡约非常尴尬，说道："坎曼尔，我做了点不正当的事，原谅我，让我走吧！"

坎曼尔立即放开手，欠身说道："啊，我的乡约，你太可敬了，喝杯酸奶子再走吧！"

乡约说："别挖苦我了，坎曼尔！"

"不，我是说真的。"坎曼尔说，"你从前派了我们那么多羊，自认为是非常正当的；今天晚上才抱一只羊羔，却认为不正当。我听到你第一次说出了这样的公道话，所以，我觉得今天晚上你是最可敬的。请，到屋里喝杯酸奶子吧！"

已经结账

坎曼尔到集市上去，看到一个人在卖一条猎狗，要价五两银子。

他吹嘘他的狗如何厉害，并且说："把这条狗同你的许多狗同时放上山去，如果它不是第一个衔出一只兔子来，我倒找你五两银子。"

坎曼尔把他的狗买了，但说他要过几天才能送钱来。卖狗人同意了。

过了几天，坎曼尔来了，卖狗人又在为另一条狗作同样的宣传。

坎曼尔又把那条狗买了，牵了就走。

卖狗人说："朋友，你该付钱了！"

"付什么钱？"坎曼尔问，"我们不是已经结账了吗？"

卖狗人说："你上次那条狗欠五两银子，这次又五两，你还一分也没付啊！"

　　"说哪儿的话！"坎曼尔说，"等我回去，把两条狗同时放上山去，如果其中有一条第一个衔出一只兔子来，我得付给你五两银子，但你同时就得为另一条狗找回我五两，它们总不可能都第一个衔出一只兔子来吧！这账不就结了吗？"

最鲜的鲜鱼汤

坎曼尔到一个朋友家里做客。这个朋友很吝啬，菜做得很虚假。有一道松鸡汤，但里面看不到松鸡肉。

主人解释说："这是最鲜的松鸡汤，松鸡刚才还在叫呢。告诉你们，松鸡汤主要是喝汤，熬过汤的肉不中吃。"

后来，这个朋友到坎曼尔家来做客。坎曼尔在食单上摆了一道汤，他告诉客人："这是最鲜的鲜鱼汤，那鱼现在还活着呢。"

"熬过汤的鱼还活着？"客人诧异地问，"这是怎样的技术！坎曼尔，鱼是留在锅里还是装在罐里呢？"

"还在湖里游着哩！"坎曼尔说。

骆驼比兔子更有用

巴依对坎曼尔说，他有三只兔子跑到邻居的园子里去了，邻居不肯还他。他要到喀孜那里去评理，请坎曼尔作个见证。

坎曼尔说："我并没有看到你的兔子跑到他那边去，怎么作证呢？"

"这有什么！"巴依说，"你说看到了，谁会认为你说的不是真话呢。"

"我懂了。"坎曼尔说。

巴依很高兴，说道："如果你能作证，那三只兔子判给了我，就分一只给你。"

"那好极了！"坎曼尔说。

第二天评理时，喀孜问坎曼尔："巴依说，他申诉的事你可以作证，是真的吗？"

"是真的。"坎曼尔说，"我亲眼看到巴依的三峰骆驼跑进他邻居的园子里去，被他的邻居关起来了。"

　　喀孜说："巴依说跑进去的是三只兔子，你却说是三峰骆驼，你看到的到底是什么？"

　　"看到的是什么不重要，"坎曼尔说，"重要的是，巴依答应，只要我作个证，归还的东西就分一只给我。我想，与其分一只兔子，不如分一峰骆驼划得来。你就判三峰骆驼给他好了，他也会满意的——谁都知道，骆驼比兔子更有用。"

让他长高一截

　　有个爱吹牛的人说，他曾经一只手提起塔里木寺的大钟。别人都不相信，因为那大钟重五百多斤，他不可能有那么大的力气。

　　"你们不相信，"那人说，"坎曼尔可以作证，你们去问问他好了。"

　　说话之间，正巧坎曼尔来了。坎曼尔说："的确是真的。当时我看到他直起腰来，身高一丈，一手就把大钟提起来了。"

　　"你这就说得不对了，坎曼尔!"人们叫了起来，"他现在还不到六尺，当时怎么可能身高一丈呢?"

　　"是这样的，"坎曼尔解释说，"那大钟本就高达六尺，如果他当时没有身高一丈，是不好去提那大钟的。没有办法，我只好让他长高一截。"

做第二回好事

坎曼尔在集市上买了一头毛驴，他一路哼着小调，摇摇晃晃地牵着往家里走。

一个小偷看到坎曼尔那样漫不经心，就邀了一个伙计，轻手轻脚地跟在后面，将毛驴卸下笼头，叫伙计拉跑，自己将笼头套在头上，让坎曼尔牵着走。

走了一会儿，坎曼尔回头一看，大吃一惊：他的毛驴变成了人！

坎曼尔问道："伙计！你怎么一下变成了人哪？"

小偷撒谎说："我的好人！因为我不孝敬父母，被诅咒成了毛驴，放在集市上出卖。刚才有幸被您牵过，托您的福，我又还原成人了。"

"有这样的事！"坎曼尔吃惊地说，"那么，现在你就回去吧。以后要孝敬父母，重新做人，不要再变成毛驴。"

小偷表示感激不尽。

过些时候，坎曼尔在路上又碰到了那个人，发现那人赶着的毛驴就是上次他买的那头。驴背上驮满了盐巴、面粉等东西。

坎曼尔指着毛驴问道："怎么回事，我记得上次你的模样同它有点相像？"

小偷又撒谎说："这是我的兄弟。说来真不好意思，我们兄弟俩都对父母不好，都变成了毛驴。我们的相貌非常相似，所以变成毛驴也像一个样子。由于您上次做好事，我复原成了人形。我的兄弟没碰到这样的幸运，所以至今还是一头毛驴！"那人说着，还低着头用手背擦起眼泪来了。

坎曼尔笑道："原来是这样！我现在要做第二回好事，把你兄弟也复原成人。"

说罢，坎曼尔就动手把毛驴背上的东西统统卸到地上，然后坐在驴子背上赶着就跑。

小偷哀求道："先生！您至少让它帮我把东西

驮回去呀，都卸到这儿我怎么办?"

　　"不要紧,"坎曼尔说,"反正你也变过毛驴的,把这点东西驮起来没问题!"

答里·坎曼尔当了喀孜

答里·坎曼尔当了喀孜，有两个人一起来给他送礼。

坎曼尔说："你们送这么重的礼，我怎么答谢你们呢？"

两个客人说："这不算什么，喀孜！我们只希望，我们同别人打官司的时候，请你多关照。"

"我很愿意这样做，"坎曼尔说，"但是请你们先告诉我，如果你们两位闹起纠纷来，我该怎样审理？"

公道与喀孜

坎曼尔当了喀孜以后，有人对他说："坎曼尔，我觉得你当了喀孜以后，办事很不公道。"

坎曼尔说："这不奇怪，公道和喀孜是不相容的。公道的喀孜，我还没有看到过那种榜样。"

"你自己不就可以做个榜样吗？"

"这怎么可能，"坎曼尔说，"要公道，我就做不成喀孜了。"

我可不是驴子

坎曼尔当了喀孜，有两个人来打官司。前一天夜里，一方给坎曼尔送了一头驴子。第二天开庭，坎曼尔判决送驴的人败诉。

结束之后，送驴的人来找坎曼尔，非常生气地问道："坎曼尔，你似乎忘记了，我送了你一头驴子？"

坎曼尔回答说："你似乎忘记了，我可不是一头驴子。"

你那只羊是三条腿的

有一回，巴依哈斯同邻居艾买提争一只羊，双方都说羊是自己的，来请喀孜坎曼尔评理。

评理的头天晚上，哈斯来到坎曼尔家里，送给他一条烘干了的羊腿。"我的喀孜！"哈斯说，"请你给我作出公正的判决。这一条羊腿，小意思，请你赏脸。"

第二天进行评理。

坎曼尔听完双方的申述以后，说道："把羊牵来，我能认出它是谁的。"

羊关在哈斯那里。哈斯把羊牵来，坎曼尔非常仔细地检查了一遍，一条一条地数它的腿。然后慢慢地说："巴依哈斯，看来你是弄错了，这只羊确实是艾买提的，你的不是这一只。"

哈斯怒道："你有什么根据？"

坎曼尔说："你那只羊是三条腿的，因为有一条腿昨天晚上送给我了；而这只羊有四条腿，我仔细数过了，没有错，肯定不会是你的。"

哈斯更加生气，说道："那是一条烘干了的死羊腿，这是一只活羊，怎么会是同一只羊呢！"

坎曼尔回答说："如果这只活羊是你的，你有什么必要把一条死羊腿送给我呢？"

叫毛驴自己说

　　有一天，集市上两个人争夺一头毛驴，来找坎曼尔评理。双方都说自己是毛驴的主人，吵得不可开交。

　　坎曼尔把经书放在毛驴头上，说道："你们都别吵，看着我！神圣的经典马上会显灵，让毛驴开口说话，由它自己说出谁是它的主人。"

　　之后，坎曼尔拉住毛驴，把它的嘴对准自己的耳朵。那毛驴嘴唇微微颤动，像在轻轻地说着什么。坎曼尔眯起眼睛，认真地听着，并且不住地点头，说道："是的，是的！我知道了！好吧，你自己同他们说吧！"

　　听完以后，坎曼尔宣布："我现在知道谁是毛驴的主人了。这毛驴要同你们分别谈谈，你们各

自去听听它说吧！"

旁边许多围观的人都大吃一惊。

一个人先把毛驴牵到一边，自己把耳朵凑到毛驴的嘴下边。听了一会儿，他回来说："毛驴同我说了，它承认我是它的主人。"

"好，毛驴说的不会错。"坎曼尔说。接着，他回头对另一个人说："你也去听听毛驴的意见吧！"

那人也把毛驴拉到一边，听了一阵儿，回来哭丧着脸说："这毛驴确实是我的，但这该死的家伙，它对我什么也没说。"

坎曼尔笑道："别丧气，把毛驴牵回去吧，你是它的主人。那位先生说的是假话，这毛驴本来就不会说话。"

两点"意思"

阿尔巴和阿尔比两位巴依到坎曼尔这儿打官司。两个人都给坎曼尔送了东西，都要求让自己胜诉。阿尔巴送的是一头公羊。

判决结果，坎曼尔让阿尔巴败诉。

事后，阿尔巴来质问坎曼尔："我的喀孜，你该没有忘记我给你表示了一点儿意思吧?"

"我没有忘记，"坎曼尔说，"你要知道，人家也表示了一点儿意思啊! 你们都凭那一点'意思'作为诉讼的理由，我也就根据这两点'意思'作为判案的根据。我把它们放在一起，结果你那一点'意思'败诉，阿尔比自然也就获胜啦!"

阿尔巴大怒，问道："阿尔比送了你什么?"

"别生气，我的巴依！"坎曼尔说，"他送的是一头公牛。我把两头畜生一碰，结果你这头畜生输了！"

有些狗不值钱

巴依被人控告到喀孜坎曼尔那里，因为他骂别人是狗。坎曼尔罚他五块大洋。

巴依不服气，说道："你太不公平了！上次有人骂我是狗，你仅仅罚了他两块大洋！"

"你要知道，"坎曼尔回答说，"价格不能完全一样，因为有些狗不值钱。"

审羊

　　两个人为一头山羊向喀孜坎曼尔告状，双方都说自己是羊的主人，而对方是偷羊的贼。

　　坎曼尔说："你们说的我都不相信，谁是羊的主人，羊自己最清楚，让我来问问它。"

　　坎曼尔拿起鞭子，指着山羊喝道："老实招来，谁是你的主人？谁是偷你的贼？"山羊不回答。

　　坎曼尔大怒道："大胆畜生，竟敢不回我的话！"说罢，一手牵着山羊的绳子，一手拿起鞭子狠命抽打。

　　那山羊咩咩乱叫，拼命挣扎，终于挣脱绳子，向外面逃跑。坎曼尔跟着继续抽打，并且大叫："看你逃到哪里去！"

　　过了一会，坎曼尔把山羊牵回来还给了它的主人，并且指认另外一个是贼。

那贼抵赖道："谁说我是贼？你有什么根据?"

"那羊说你是贼。"坎曼尔说，"它跑出去就告诉了我，说它不肯到贼家里去。刚才我就是从它主人家里牵回来的。"

朋友的多少

坎曼尔担任地方长官，上任的第一天，许多人前来祝贺，车马络绎不绝。

第二天，他的邻居说："坎曼尔，昨天你家里好热闹！来了这么多客人，没想到你有这么多朋友！"

"客人确实不少，"坎曼尔说，"至于朋友有多少，要到我下台的时候才知道。"

马的背上得换一位将军

将军听说坎曼尔很会相马，要坎曼尔给他选一匹好马。

坎曼尔给将军选了马，但将军上阵老打败仗。将军说，他的马不好，要换一匹。

先后换过三次马了，将军还是光打败仗。

将军说："坎曼尔，你选的这些马都不中用。"

"照我看，"坎曼尔说，"换的对象可能有错。"

"你是说，要换一匹更好的马？"

"不，"坎曼尔说，"将军的马已经换够了，现在应该让马的背上换一位将军。"

坎曼尔也讲假话

　　国王把古丽·巴哈尔叫去，问道："有人说，你的丈夫坎曼尔对我讲假话，你知道吗？"

　　"我不知道，"巴哈尔说，"但我想他可能对您说假话。"

　　国王说："你不是夸耀过，坎曼尔是世界上最不讲假话的人吗？"

　　"我确实讲过，"巴哈尔说，"但是，您要知道，任何不讲假话的人，在绝对不能讲真话的人面前，他也会讲假话的。"

没有摔昏脑袋

巴哈尔骑着毛驴回娘家，在山坡上碰上了沙皇的侵略军。仓皇之际，她从驴背上摔了下来。一名沙皇军官上前把她扶起来。

"谢谢你来扶我。"巴哈尔说。

随军记者立即走到她面前，示意说："希望你说一声，感谢沙皇来解放我们。"

"先生，"巴哈尔说，"你别弄错了，刚才我只是摔疼了屁股，并没有摔昏脑袋。"

退路与进路

将军和坎曼尔登上离前线不远的高山，观察敌我双方的阵地。

将军说："我对附近这些山间的小路都非常熟悉，你知道吗，打仗必须多准备几条退路，有时候逼得没有退路可就非常危险啦！"

"不错，"坎曼尔说，"多熟悉几条路好。不过，多准备几条退路固然重要，如果多计划几条进路也许更有意思。"

准备害怕

坎曼尔和将军一道带领军队去抵抗敌人。将军老打败仗,坎曼尔却常常取得胜利。

"你真勇敢!"将军对坎曼尔说,"敌人那么强大,他们还没有来我就感到害怕了,而你却总是取得胜利。你是怎样打赢他们的?"

坎曼尔回答说:"那是我们的准备不同。当敌人还没有来的时候,我一心只准备如何抵抗,所以我能取得胜利;你却首先准备害怕,当然就只有逃跑了。"

沙皇没有脑袋

沙皇率军侵入我国边境。

坎曼尔参加了抵御侵略军的战斗。

第一天,坎曼尔从前线回来,告诉大家:"今天我看到沙皇从马上摔下来,他的屁股肯定摔伤了。"

第二天,坎曼尔回来又说:"今天我又看到那个沙皇了,他爬上一个墩子,在窥伺我们阵地的时候跌落下来,摔坏了屁股。"

第三天,坎曼尔回来乐不可支地说:"沙皇今天被我们赶跑时,从山坡上滚下去,把屁股都摔破了。"

一个士兵问道:"真怪,那个沙皇怎么老摔坏屁股,却从不摔伤脑袋?"

"你不知道?"坎曼尔说,"这沙皇根本没脑袋,他是用屁股来考虑问题的,所以总干蠢事。"

三头贵重的狼

边境上发生战争。村里的人杀了三十只羊，用十个麻袋装着，由坎曼尔赶马车送给边防部队。

路上碰到三个迷路的外国侵略兵。三个兵用剑逼着坎曼尔，说："如果你把我们送过前面的关卡，我们给你三百大洋。不然就杀掉你。你选择哪一条？"

"我当然要三百大洋。"坎曼尔说。

"你有什么办法送我们过去？"外国兵说。

"办法是有的，"坎曼尔说，"只是送你们过去以后，三百大洋一定得给我。"

外国兵答应一定给。

坎曼尔解开三个布袋，把羊肉拿出来丢在车上，叫三个外国兵分别蹲在里面，然后把布袋口紧紧扎住。

　　走到关卡前边，坎曼尔停住马车，把布袋统统甩了下来。他先点清七个布袋，对边防战士说："这是乡亲们送给你们的七袋羊肉。"又指着另外三个布袋说："这是刚抓到的三头贵重的狼，每一头值一百大洋。不过，你们得先敲敲它们的脑袋，小心它们咬人。"

他们更怕我们

坎曼尔要到前线去打仗了。

巴哈尔担心地说："我听说敌人是很凶恶的，坎曼尔，你不怕他们吗？"

坎曼尔回答说："不要只想到我们怕他们，你应该想到，他们更怕我们。"

你死一回就知道了

　　国王病得很厉害，叫坎曼尔给他诊治。

　　他很怕死，问坎曼尔道："人死的时候，是不是很难受?"

　　坎曼尔说："这是不用急的，你死一回就知道了。"

从天堂里回来

传说答里·坎曼尔已经去世，人们都为他悲伤惋惜。恰巧这时国王死了。坎曼尔突然出现在送葬路上。朋友们热情地同他打招呼，并且说："坎曼尔，看到你，我们都很高兴。几天以前，传闻说你上了天堂，幸好不是真的。"

"是真的，"坎曼尔说，"我去看了一下，并不令人满意。随后听说我们尊敬的国王陛下要去，既然他对那儿有兴趣，所以我就回来了。"

后记

　　我国大西北的兄弟民族中，民间文学非常发达，特别是一种融趣谈、笑话、寓言于一体的小故事流传最为普遍。那是一种短小的、可以各自独立的作品，往往由一个具有统一性格的中心人物贯串起来，成为一个故事系统。其中以阿凡提故事最为有名。20世纪，阿凡提故事出了许多书，使这个民间人物形象在我国读者中享有盛名。其实流传在大西北的不只有阿凡提故事，还有许多以别的人物为主角的故事，其中答里·坎曼尔也很有名。

　　1980年我收集了69则小故事。因为阿凡提那个人物太有名了，我就把这些故事放在阿凡提的名下，由湖北人民出版社出版，书名为《智慧的葫芦》，薄薄的一本。

本来我想，虽然也叫阿凡提故事，我的这本小书总还是独立存在的。没想到1985年外文出版社把我辑录的这些故事和新疆有名的阿凡提研究专家赵世杰先生编译的阿凡提故事混在一起，译成了外文，推到国外去了。1986年我到新疆，在一个偶然的场合认识了素昧平生的赵世杰先生，他才告诉了我这个信息。我为此写信给外文出版社编辑部，要求寄几本书。我说如果有英文本的，就请寄英文本的。后来出版社寄了五本书来，是斯瓦希里文，书名 Hekaya za Avanti，我一个字也不认识。全书只有版权页用的是中文，我由此知道书名是《阿凡提的故事》。书上没有中文目录，因此我无法了解到底收了我的多少篇，也不知道译成了几种文字。把我托名阿凡提的故事混入了赵世杰先生编的真阿凡提故事，我很不乐意，想来赵先生也不会高兴。为此我决定，要把我编的故事独立出来，不再混到阿凡提故事系统里面去了，让答里·坎曼尔作为这些作品的中心人物。

再说，我采集编译的这些故事与阿凡提本不相干。我在北京图书馆查阅了十种《阿凡提故事》，后来漫画家缪印堂先生送了一本由他插画、戈宝权先生作序的《阿凡提故事》给我，该书收得更全。各种版本的阿凡提故事，内容大同小异，我的这些故事却是所有阿凡提故事中所没有的（只有《不吃羊的狼》等个别作品，阿凡提故事中也有，但情节有所不同；而且这种情况极少）。如果20世纪80年代以后出版的阿凡提故事中也有我书里的故事，那肯定是从《智慧的葫芦》或Hekaya za Avanti中移过去的。我要特别申明这一点，以免将来产生误会。

阿凡提故事的内容和主人公的名字，和国外同类故事有很深的渊源。其中大多同土耳其学者维列达·沙赫编著的《无与伦比的毛拉纳斯尔丁的丰功伟绩》《难以置信的毛拉纳斯尔丁的风趣幽默》里的故事基本相同。从戈宝权的序文中可以知道，中东地区各国都有阿凡提故事的书，纳斯尔丁·阿凡提是一个国际民间人物形象。而我们的这些故事却是国产，答里·坎曼尔是纯正的中国人。因此，我决定让答里·坎曼尔独立生存，让他的故事自成体系。现在这本小书收录答里·坎曼尔故事119则，从《智慧的葫芦》一书中移过来的只有 30 多则，其他 80 多则是后来采集编译的。

关于答里·坎曼尔这个人物还要有所说明。20 世纪 60 年代，据说在新疆若羌县米兰古城发现了后来称为《坎曼尔诗签》的古代抄件，上面有纥·坎曼尔于唐元和十年（815）"写"的诗三首与元和十五年（820）抄的白居易诗《卖炭翁》。诗签的发现曾震动一时，郭沫若还就此大做文章。也是 1986 年我到新疆才知道，所谓《坎曼尔诗签》并不真实。这样的事情何以发生，我无法理解，现在我也不加评论。我要说明的是，那个诗签主人纥·坎曼尔（如果有那么个人的话）和我们的答里·坎曼尔并无任何瓜葛。那个人据说是唐代元和年间人，我们的主人公未必生于唐代，很可能现在仍然活着，将来也永在人间。

黄瑞云

2018 年 3 月 3 日

于湖北师范大学